聽我說，聽你說

主編／吳咸蘭
作者／王人平、吳咸蘭、施慧宜、
　　　許瑋捷、陳慧淇、賴韻天、
　　　薛伊廷
繪者／Ohno Studio

目　標　/ㄣ/、/ㄥ/、/ㄢ/、/ㄤ/。

錯誤型態　這四個注音符號的實際發音可以分析為「(開口的)母音＋(閉合的)鼻音」，所以是
由兩個音所組成，此稱為聲隨韻母。有些幼兒會將聲隨韻母的鼻音尾巴省略掉，
例如：將「幫忙」說成「巴麻」，將「蘋果」說成「皮果」，將「盤子」說成
「耙子」。

使用策略　本書採用「知動」、「意象」和「音素對比」策略，透過身體的動作節奏和圖
像，引導幼兒先練習將聲隨韻母的尾巴接上去，之後再將音素的對比放入語詞和
趣味童謠中。

共讀小提示
▌確認鱷魚舌頭的位置後，玩聽音辨位的遊戲。

▌操作青蛙手上的網子，青蛙先發出母音，聽到蚊子的叫聲就要加入鼻音尾巴；可以互換角色。

▌操控手機震動聲，幼兒先發出母音，聽到手機震動聲就要加入鼻音尾巴；可以互換角色。

▌運用書中關鍵詞對比玩區辨遊戲。

▌將童謠帶入生活中，讓幼兒能琅琅上口，同時讓幼兒覺察並監控自己的目標音。

鱷魚先生的大嘴巴

移動鱷魚先生的舌頭（手動機關），
讓幼兒了解發出「ㄋ」、「ㄥ」的聲音時，正確的舌頭擺位。

1. 當發「ㄣ」音時，舌尖抵在上排牙齒後方。

2. 當發「ㄥ」音時，舌根隆起抵在上顎後方。

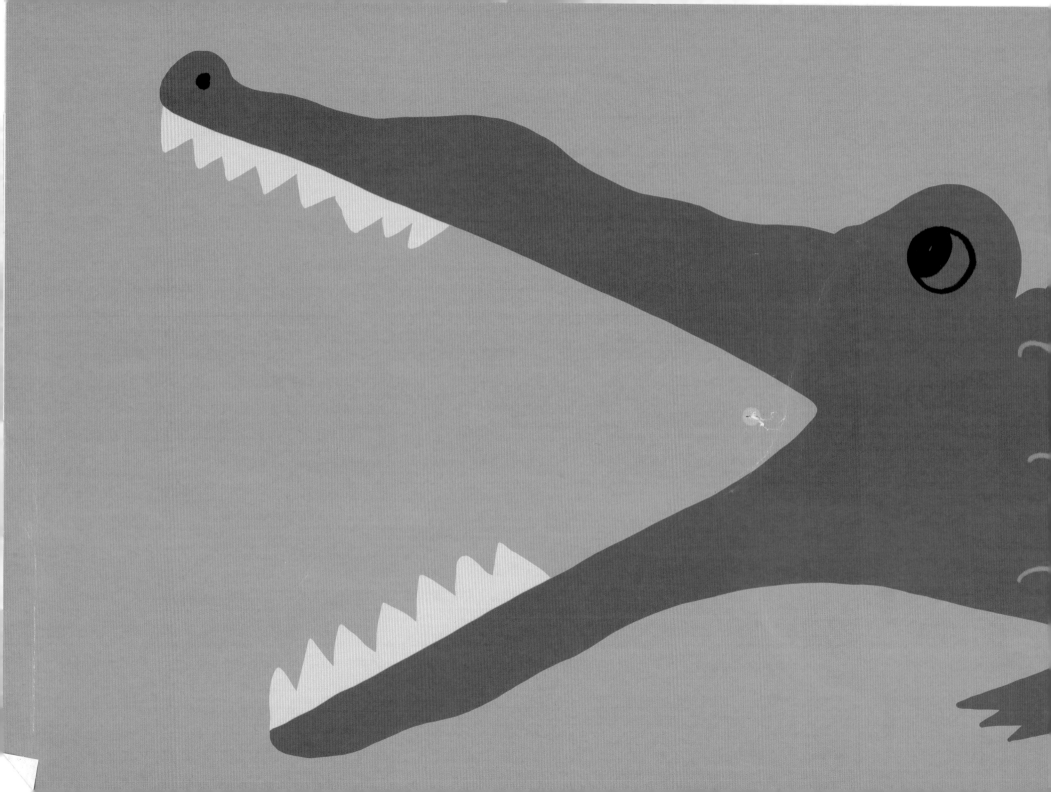

小青蛙抓蚊子

透過小青蛙抓蚊子的動作，
讓幼兒了解聲音的結合與發音的順序，
正確發出「ㄢ」、「ㄤ」的聲音。

1. 小青蛙揮動網子（手動機關），持續發出「ㄚ～ㄚ」的聲音。

2. 蚊子飛啊飛，邊飛邊發出「ㄣ～ㄣ」的聲音。
   （蚊子的聲音可替換成「ㄥ～ㄥ」）

3. 當小青蛙抓到蚊子時，
   將「ㄚ」和「ㄣ」的聲音結合，可發出「ㄢ」的音；
   將「ㄚ」和「ㄥ」的聲音結合，可發出「ㄤ」的音。

小男孩看醫生

透過小男孩看醫生時，醫生掀開衣服的檢查動作，
讓幼兒了解聲音的結合與發音的順序，
正確發出「ㄢ」、「ㄤ」的聲音。

1. 小男孩看醫生時，張大嘴巴發出「Y~Y」的聲音。

2. 掀開小男孩的衣服檢查（手動機關），發現小男孩肚子裡有手機，
   手機震動發出「ㄣ~ㄣ」的聲音。
   （手機震動的聲音可替換成「ㄥ~ㄥ」）

3. 持續發出「Y」音不中斷，在掀開小男孩的衣服檢查時，
   和肚子裡手機震動的聲音結合起來：
   將「Y」和「ㄣ」的聲音結合，可發出「ㄢ」的音；
   將「Y」和「ㄥ」的聲音結合，可發出「ㄤ」的音。

音素對比
詞彙

透過使用短句描述圖片內容，
讓幼兒了解不同語音代表不同語意。

茄(くーせ)子(P) / 鉗(くーろ)子(P)

箱(T一九)子(P) / 蝦(T一Y)子(P)

媽(ㄇㄚ)媽(ㄇㄚ)拿(ㄋㄚ)茄(くーせ)子(P)　爸(ㄅㄚ)爸(ㄅㄚ)拿(ㄋㄚ)鉗(くーろ)子(P)

貓(ㄇㄠ)咪(ㄇ一)咬(ㄧㄠ)箱(T一九)子(P)　貓(ㄇㄠ)咪(ㄇ一)咬(ㄧㄠ)蝦(T一Y)子(P)

燕子／葉子　　環島／滑倒

天上有燕子　樹上有葉子

男孩走路環島　男孩走路滑倒

當幼兒能更熟悉的發出「ㄢ」、「ㄤ」的音後，
藉由唸唱具高密度目標音的童謠，
讓幼兒能更加穩定發出正確的語音。

山上兩隻老山羊，
頭上掛著小鈴鐺，
滿山遍野跳啊跳，
噹噹鈴聲響亮亮。

山下有群小綿羊，
晚上最怕大野狼，
英勇戰士幫幫忙，
保護綿羊到天亮。

繪本簡介

詳細介紹

　　這是一套由資深語言治療師指導與語言治療系學生共同創作的功能性繪本，既可作為親子共享閱讀樂趣的童書，也可作為誘發幼兒語音學習的教材。這五本繪本以幼兒在語音發展過程中常見的語音錯誤型態為主題，藉由特殊的內容設計，運用具有實證基礎的教學策略，讓親子在趣味故事和操作活動中，強化語音學習，更享受親子閱讀的樂趣！各繪本的簡介及適用發音型態如下，建議可依照幼兒需求而使用，更推薦整套運用，為幼兒預備完整的語音發展學習。

《企鵝阿湯的樂團》
幼兒常將舌尖音錯發為舌根音，如將「兔」子說成「褲」子；本書目標在誘發ㄉ、ㄊ語音的出現。

《恐龍咕咕的一天》
幼兒常將舌根音錯發為舌尖音，如將阿「公」說成阿「東」；本書目標在刺激ㄍ、ㄎ語音的出現。

《聽聽看，老婆婆吞了什麼？》
持續送氣的語音ㄈ、ㄙ、ㄕ通常較晚發展出來，幼兒常將氣流阻斷而變成另一個語音，如將「番茄」說成「潘茄」；本書目標在誘發幼兒持續發出送氣的語音。

《聽我說，聽你說》
ㄢ、ㄤ、ㄣ、ㄥ的發音可分析為（開口的）母音＋（閉合的）鼻音，所以是由兩個音所組成，此稱為聲隨韻母。幼兒常將鼻音尾巴省略，如將「幫忙」唸成「巴麻」；本書目標在引導幼兒將聲隨韻母完整發音。

《我是快樂小店長》
幼兒常容易將送氣音ㄑ、ㄕ、ㄙ發成不送氣音，如將「七」唸成「雞」；本書目標在誘發幼兒正確發出送氣音。

主編介紹

吳咸蘭

（經歷）
國立高雄師範大學
特殊教育學系專任助理教授
國立高雄師範大學
聽力學與語言治療研究所兼任助理教授
中華醫事科技大學
語言治療系助理教授兼系主任

作者群介紹

王人平、吳咸蘭、施慧宜、許瑋捷、
陳慧淇、賴韻天、薛伊廷
（依姓氏筆畫排序）

本系列繪本由資深語言治療師指導與語言治療系學生共同創作，內容乃針對華語兒童常見之構音/音韻錯誤而設計。繪本初稿參與「2020全國科技校院聽語治療實務設計競賽」榮獲兒童組第一名，經過重新編修與繪圖，本叢書得以誕生。我們希望透過共讀活動增進孩子對語音的覺察並體驗語言的趣味，只要善用策略與技巧，所有孩子都適用。

繪者介紹

Ohno Studio

「Ohno!」就像是從貨車上掉下來摔破在馬路中央的花瓶。散落在土堆及碎片裡的花，在這黯淡無奇的道路上創造了突如其來的美、置入了超現實的瞬間。喜歡任何視覺相關的事物，提供動畫、平面設計和配樂的服務。不喜歡太過正經的東西，希望能在平凡中，創作出令人感到舒服及驚艷的不平凡。

溝通障礙系列65050

聽我說，聽你說

主　　編：吳咸蘭
作　　者：王人平、吳咸蘭、施慧宜、許瑋捷、
　　　　　陳慧淇、賴韻天、薛伊廷
繪　　者：Ohno Studio
執行編輯：陳文玲
總 編 輯：林敬堯
發 行 人：洪有義
出 版 社：心理出版社股份有限公司
地　　址：231026 新北市新店區光明街 288 號 7 樓

電　　話：(02) 29150566
傳　　真：(02) 29152928
郵撥帳號：19293172 心理出版社股份有限公司
網　　址：https://www.psy.com.tw
電子信箱：psychoco@ms15.hinet.net
排版印刷：昕皇企業有限公司
初版一刷：2023 年 1 月
I S B N：978-626-7178-37-9
定　　價：新台幣 450 元